DISNEY
FROZEN II

Adaptation by Stevie Stack

Translation by Laura Collado Píriz

Illustrated by the Disney Storybook Art Team

BuzzPop

BuzzPop

An imprint of Little Bee Books
251 Park Avenue South, New York, NY 10010
Copyright © 2019 Disney Enterprises, Inc.
All rights reserved, including the right of reproduction
in whole or in part in any form.
BuzzPop and associated colophon are trademarks of Little Bee Books.
Manufactured in the United States of America LAK 0919
First Edition
10 9 8 7 6 5 4 3 2 1
ISBN 978-1-4998-0953-4
buzzpopbooks.com

Cuando Anna y Elsa eran pequeñas, sus padres les contaban **historias** sobre los habitantes de Northuldra, un grupo de personas que vivían en el bosque encantado, un lugar lleno de espíritus mágicos.

When Anna and Elsa were little, their parents told them **stories** about the Northuldra, a group of people who lived in the Enchanted Forest, which was full of magical spirits.

Los habitantes de Arendelle vivían en **paz** con los de Northuldra hasta el día que empezaron a pelear.

The people of Arendelle lived in **harmony** with the Northuldra, until one day when they fought.

Esa lucha enojó a los espíritus de la **naturaleza** y se tornaron contra ambos bandos, atrapando a mucha gente en el bosque encantado.

Their fighting angered the spirits of **nature**, who turned against both sides and trapped many people inside the Enchanted Forest.

El príncipe Agnarr, que era el papá de Elsa y Anna, pudo salir del **bosque**.

Prince Agnarr, Anna and Elsa's father, was able to leave the **forest**.

La reina Iduna, que era la mamá de Anna y Elsa, ayudaba a dormir a las niñas con una **nana** sobre Ahtohallan: un río especial que se decía que tenía las respuestas sobre el pasado.

Queen Iduna, Anna and Elsa's mother, soothed the girls to sleep with a **lullaby** about Ahtohallan, a special river that was said to hold all the answers about the past.

Elsa le preguntó a su mamá si Ahtohallan sabía por qué tenía **poderes** mágicos.

Elsa asked her mother if Ahtohallan knew why she had magical **powers**.

—Si Ahtohallan está ahí fuera, supongo que sabrá eso y **mucho** más —dijo la reina Iduna.

"If Ahtohallan is out there, I imagine it knows that and **much** more," said Queen Iduna

Muchos años después, el rey y la reina se fueron de **viaje** y nunca regresaron.

Many years later, the king and queen left on a **voyage** and never returned.

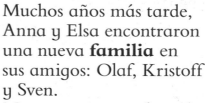

Muchos años más tarde, Anna y Elsa encontraron una nueva **familia** en sus amigos: Olaf, Kristoff y Sven.
Many years passed, and Anna and Elsa found a new **family** in their best friends: Olaf, Kristoff, and Sven.

Una noche, mientras jugaban a Charadas, Elsa escuchó una **voz** que nadie más podía oír.
One night, during a game of charades, Elsa heard a **voice** that no one else could hear.

Anna se dio cuenta de que le pasaba algo a Elsa, pero Elsa no se lo contó a Anna porque no quería que su **hermana** se preocupara.
Anna noticed something was bothering Elsa, but Elsa did not confide in Anna because she did not want her **sister** to worry.

Aquella noche, Elsa volvió a escuchar la voz **misteriosa**.
Later that night, Elsa heard the **mysterious** voice again.

En vez de no hacer nada, le cantó a la voz y usó su magia para lanzar **hielo** y nieve al aire.
Instead of staying quiet, she sang to the voice and used her magic to toss **ice** and snow into the air.

La **magia** empezó a cambiar a medida que Elsa cantaba.
As Elsa sang, her **magic** began to change.

De las puntas de sus dedos aparecieron imágenes del **pasado** que nunca había visto.
Images from the **past** that she had never seen before blossomed from her fingertips.

De repente, su magia
liberó una enorme
explosión que provocó
un terremoto por todo el
reino.
Suddenly, her magic
released an enormous
blast that sent a shock
wave across the kingdom.

Todos los **elementos**
dejaron Arendelle de
repente: el agua
dejó de fluir, el fuego
desapareció, el viento se
arremolinó y la tierra
ondeó como el mar.
All the **elements** suddenly
left Arendelle: The water
stopped flowing, the fire
vanished, the
wind swirled, and the
ground rippled like the sea.

Elsa había despertado a los
espíritus de la naturaleza
del bosque encantado.
Elsa had woken the
spirits of nature in the
Enchanted Forest.

El **terremoto** despertó a Anna y sus amigos, que encontraron a Elsa justo cuando llegaron los trolls.
The **blast** woke up Anna and their friends, who found Elsa just as the trolls also arrived.

Elsa explicó que la voz le había mostrado dónde estaba el bosque **encantado** y que quería ir allí.
Elsa explained that the voice showed her where the **Enchanted** Forest was and it wanted her to travel there.

Gran Pabbie le prometió que vigilaría a los **ciudadanos** mientras Elsa buscaba respuestas en el norte.
Grand Pabbie promised to watch over the **villagers** while Elsa sought answers in the north.

También le dio el siguiente consejo: Hay muchas cosas del pasado que no son lo que parecen. Cuando no se puede ver el **futuro** solo se puede hacer lo correcto.
He also gave them this advice: "Much about the past is not what it seems. When one can see no **future**, all one can do is the next right thing."

Anna, Olaf, Kristoff y Sven acompañaron a Elsa y este grupo de amigos viajó hacia el norte hasta que encontraron un muro de **niebla** brillante.
Anna, Olaf, Kristoff, and Sven joined Elsa, and the friends traveled north until they spotted a wall of sparkling **mist**.

Elsa sintió la magia de la niebla y supo que era la **entrada** del bosque encantado.
Elsa felt the mist's magic and knew that it was the **entrance** to the Enchanted Forest.

Agarró de la mano a Anna para que le diera **fuerzas** y la niebla se abrió dejando pasar a todos antes de volver a cerrarse, atrapándolos dentro.
She took Anna's hand for **strength** and the mist opened, letting everyone pass through before closing again, trapping them inside.

En el bosque apareció el espíritu del **viento** y los arrastró hasta un vendaval.
Inside the forest, the **Wind** Spirit appeared, sweeping them all up into a windstorm.

Elsa soltó una **explosión** de magia y liberó a todo el mundo.
Elsa sent out a **blast** of magic, freeing everyone.

Justo en ese momento aparecieron unos renos y de los árboles salieron unas personas con **espadas**.
Just then, reindeer appeared and people with **swords** dropped down from the trees.

¡Eran los ciudadanos de Northuldra y de Arendelle del antiguo **cuento** que les contaban a Anna y Elsa antes de dormir!
It was the Northuldra and Arendellians from Anna and Elsa's old bedtime **story**!

Los dos grupos seguían luchando atrapados en el bosque encantado después de todos estos **años** y empezaron a discutir inmediatamente.
The two groups, who were still trapped in the Enchanted Forest and fighting all these **years** later, immediately began arguing.

Yelana, la líder de los de Northuldra, discutía con Mattias, un teniente de Arendelle, sobre quién podía reclamar a los **prisioneros** recién llegados.
Yelana, the Northuldra leader, argued with an Arendellian lieutenant, Mattias, about who could claim the newcomers as **prisoners**.

De repente, los de Northuldra y los de Arendelle **se apresuraron** para llegar hasta Elsa, Anna y sus amigos.
Suddenly, both the Northuldra and Arendellians **rushed** toward Elsa, Anna, and their friends.

Elsa usó sus **poderes** para detener a ambos grupos y los derribó.
Using her **power**, Elsa stopped both groups, knocking them all down.

—Eso ha sido **magia** —dijo Mattias, sorprendido.
"That was **magic**," said Mattias, surprised.

Anna pensó que el **teniente** Mattias le resultó familiar.
Anna thought **Lieutenant** Mattias looked familiar.

—Tú estabas en el segundo **retrato** por la izquierda de la biblioteca. Eras el guarda oficial de nuestro papá —dijo Anna.
"Library, second **portrait** on the left. You were our father's official guard," said Anna.

Mattias se alegró al oír que su padre había sobrevivido a la **batalla** de hace tantos años y había vuelto a Arendelle.
Mattias was pleased to hear that their father had survived the **battle** many years ago and returned to Arendelle.

Pero los dos bandos no tardaron mucho en volver a discutir, y entonces apareció el espíritu de **fuego**.
Soon though, the two sides began arguing again, and a **Fire** Spirit appeared.

Elsa persiguió a la **bola** de fuego por el bosque y usó su magia para intentar que el fuego no se expandiera.
Elsa chased the **ball** of fire around the forest, using her magic to try and stop the fire from spreading.

Cuando lo **alcanzó** por fin, Elsa se dio cuenta de que el espíritu de fuego era una pequeña salamandra.
When she finally **caught** it, Elsa saw that the Fire Spirit was a small salamander.

Elsa calmó al espíritu de fuego y todas las **llamas** del bosque se apagaron.
Elsa calmed the Fire Spirit, and all the **flames** around the forest died down.

La voz que había estado escuchando volvió y **se dio** cuenta de que el espíritu de fuego también podía escucharla.
The voice Elsa had been hearing returned, and she **realized** the Fire Spirit could hear it, too.

Les **llamaba** hacia el norte.
It was **calling** them north.

Aquella noche todos se **reunieron** en el campamento.
That night, everyone **gathered** at the camp.

Ana le confesó a Mattias que tenía miedo de perder a Elsa en esta **misión** y Mattias le dio un consejo que su padre le había dado a él.
Anna confessed to Mattias that she was afraid she would lose Elsa on this **quest**, and Mattias shared some advice her father had once given to him.

—Cuando creas que has encontrado tu **camino**, la vida te llevará a un nuevo sendero.
"Just when you think you've found your **way**, life'll throw you onto a new path," Mattias told her.

Mientras tanto, uno de Northuldra llamado Honeymaren le contó a Elsa que había un **quinto** espíritu de la naturaleza que desapareció mucho tiempo atrás. Se llamaba el puente y conectaba a los humanos con la magia de la naturaleza.
Meanwhile, a Northuldra named Honeymaren taught Elsa about a **fifth** spirit of nature that disappeared a long time ago, called the bridge, which had connected humans to nature's magic.

De repente aparecieron los **gigantes** terrestres y encontraron a Elsa por la magia que poseía.
Suddenly, the Earth **Giants** appeared and found Elsa because of her magic.

Elsa sintió que los gigantes **terrestres** necesitaban su ayuda.
Elsa sensed that the **Earth** Giants needed her help.

Anna y Elsa le prometieron a Yelana y a Mattias que liberarían al **boque** y restaurarían Arendelle.
Anna and Elsa promised Yelana and Mattias that they would free the **forest** and restore Arendelle.

Elsa se fue del bosque encantado **inmediatamente** sin sus amigos.
Elsa left the Enchanted Forest **immediately**, without her friends.

Aunque Anna y Olaf la **alcanzaron** rápidamente.
Though Anna and Olaf soon **caught up** with her.

La voz **guió** a Elsa, Anna y Olaf a un viejo barco que había naufragado.
The voice **led** Elsa, Anna, and Olaf to an old shipwreck.

Dentro del barco, Elsa usó su magia para crear **esculturas** acuáticas del pasado qu
le mostraron que el barco había pertenecido a sus padres.
Inside the ship, Elsa used her magic to create water **sculptures** of the past, which
showed that this ship had belonged to her parents.

Elsa encontró un mapa en el barco y se dio cuenta de que tenía que cruzar el
peligroso Mar Oscuro para llegar a Ahtohallan y así descubrir la verdad sobre
el pasado.
Elsa found a map in the ship, and realized she needed to cross the **dangerous** Dar
Sea to get to Ahtohallan in order to discover the truth about the past.

Elsa decidió hacer el **viaje** ella sola.
Elsa decided she would make the **journey** alone.

Elsa creó un **barco** con su magia y envió a Anna y Olaf a un lugar seguro.
Elsa magically created a **boat** and sent Anna and Olaf away to safety.

Pero Anna cambió el rumbo que había marcado Elsa y acabó junto a Olaf en el **río**
en el que dormían los gigantes terrestres.
But Anna changed the trajectory of the path Elsa had sent them on, which pushed her
and Olaf into a **river** where Earth Giants were sleeping.

¡Anna navegó **lejos** de donde dormían los gigantes terrestres y el río la arrastró a
una catarata!
Anna navigated **away** from the sleeping Earth Giants, and straight over a waterfall!

Mientras tanto, Elsa llegó al Mar **Oscuro**.
Meanwhile, Elsa reached the **Dark** Sea.

Respiró profundamente, congeló algunas partes del agua y empezó a **correr** por el mar, pero una fuerte ola la derribó.
Taking a deep breath, she sprinted forward, freezing parts of the water so she could **run** across the sea, but a powerful wave knocked her back.

Pero Elsa no **se rindió**.
Elsa refused to **give up**.

Escaló un **acantilado** cercano y se lanzó para bucear en las olas.
She climbed a nearby **cliff** and dove into the waves.

Cuando llegó al mar, el espíritu del agua llamó al **Agua** Nokk que apareció y empezó luchar contra Elsa.
In the sea, a Water Spirit called the **Water** Nokk appeared and began fighting Elsa.

Elsa usó su magia para crear un **arnés** de hielo, se subió a la espalda del Agua Nokk y lo usó de montura por el mar.
Using her magic, she created an ice **bridle**, climbed onto the Water Nokk's back, and rode it across the sea.

Cuando llegaron a la **costa**, Elsa saltó de la espalda del espíritu del agua justo antes de que se volviera al océano y desapareciera.
When they reached the **shore**, Elsa leapt from the Water Spirit's back before it disappeared back into the ocean.

Elsa había llegado a Ahtohallan y la voz que la había llamado para que fuera al **norte** estaba finalmente en silencio.
Elsa had reached Ahtohallan, and the voice that called her **north** finally quieted.

Ella se había relajado por completo por primera vez en su vida y no tenía ninguna **duda** de que el bosque encantado y toda la gente que estaba atrapada dentro serían libres muy pronto.
She felt completely at ease for the first time in her life and had no **doubt** that the Enchanted Forest and all the people trapped inside would soon be free.

Mientras tanto, la cascada **había arrastrado** a Anna y Olaf hasta una cueva.
Meanwhile, the waterfall **had carried** Anna and Olaf into a cavern.

Mientras buscaban una **salida** apareció un remolino mágico de hielo.
As they searched for a **way out**, an icy swirl of magic appeared.

Era una **señal** de Elsa que les informaba de que ya había cruzado el Mar Oscuro.
It was Elsa's **signal** that she had made it across the Dark Sea.

Una fuerte **ráfaga** de viento arrastró todavía más magia de Elsa a la cueva y se formó una escultura de hielo con un mensaje de Elsa que les contaba lo que había pasado en el bosque.

A strong **gust** of wind carried even more of Elsa's magic into the cavern and an ice sculpture formed, carrying a message from Elsa revealing what had happened in the forest.

Mientras Anna miraba el recuerdo se preguntó cómo podía corregir todos los **errores** del pasado.

As Anna stared at the memory, she wondered how she could correct all the **wrongs** of the past.

Y luego recordó lo que tenía que hacer: lo **correcto**.

Then she remembered what she needed to do: the next **right** thing.